U0057081

范姊姊說故事

我不要上學

文／范瑞君　‧　圖／曾雅芬

范姊姊說故事音檔 **QR Code**，請掃描下載聆聽。

音檔 1：一邊聽一邊看文字記憶，好玩又有趣！

音檔 2：跟著故事後的引導說明，拋開文字，徜徉
　　　　在想像的世界！

導讀：學習可以擴展無限的可能

　　故事裡的小女生溜溜剛進入小學。溜溜一開始不太適應玩樂時間變少的學校生活，所以走進校門變成一件不快樂的事。溜溜幻想著如果能像孫悟空變出很多分身，也許自己就能逃避許多限制她自由的上課時間。沒想到校門口的榕樹奶奶居然真的施展魔法變出很多個她！溜溜開心地讓不同的自己去上不同的課。但因為每一個分身都只學了一種課程，沒有獲得其他的基本知識，所以缺乏均衡的能力，甚至連原本所學的專長也無法得到更有效廣泛地運用。此時溜溜發現自己其實對很多事物都有興趣，也了解自己還小，有許多的可能和變數。所以最後她選擇先繼續學習各個基礎課程，給自己多一點時間來慢慢探索真正的興趣和專長。

　　就像溜溜一樣，每個小孩在求學的過程當中，心中多少都曾吶喊過：「我不要上學！」尤其是幼兒園進入小學，從一種在遊戲中學習的環境，要過渡到學習規矩、社會化、加上不斷測驗的體制中，更是會有「上學不再好玩」的感覺。但我們心裡都很清楚，知識是基礎和一個途徑，在我們成長渾沌未明的過程中，替我們保留一個小小的階梯。所以面對孩子們，可以讓他們在看清自己的興趣和志向之後，接續著順利前進，最後各自走向不同的道路，豐富這個世界。

　　這裡也分享一個運用表演想像力的訓練，讓父母可以試著引導孩子一邊遊戲一邊練習。也許小孩們都曾幻想過，如果有很多個自己，就可以分工合作。那麼就讓小孩想像自己是那個數學或英文超強的其中一個分身，然後在每個分身身上，擴張自己原本就潛在的某個個性特質，短時間去做不同的學習。這方法除了會讓小孩覺得有趣味，進而發現自己許多無限的可能之外，更可以實際地提高學習的效率喔。

　　親愛的孩子們，願您們讀了此書，可以激發您們去思考更多學習的好處，從此找出上學的樂趣。

范瑞君

作者簡介

- 金鐘獎最佳女配角，並曾入圍金鐘獎最佳女主角。
- 國立臺北藝術大學劇場藝術研究所導演組畢。國立藝術學院戲劇系表演組畢。
- 曾任國立臺北藝術大學戲劇系兼任講師。
- 為橫跨劇場、影視和教學的專業演員、導演。

　　現有兩個個性迥異的女兒。去遊樂場和逛玩具店常常比女兒玩得還開心，且偶爾還是會忍不住和女兒搶玩具。希望女兒也能永保赤子之心，開心地遊戲人間。

▶ 舞台演出作品：【表演工作坊】《暗戀桃花源》、《寶島一村》；【屏風表演班】《我妹妹》、《西出陽關》；【相聲瓦舍】《緋蝶》；【果陀劇場】《一個兄弟》；【故事工廠】《三個諸葛亮》等。
▶ 電影演出作品：《阿爸的情人》等。
▶ 電視演出作品：《殺夫》、《逆女》等。
▶ 導演作品：客家電視台《日頭下，月光光》、故事工廠《2923》。
▶ 繪本作品：《范姊姊說故事 我最喜歡表演》、《范姊姊說故事 媽咪和我一起學》（瑞蘭國際出版）。

導讀：萬花筒的世界

　　「范姊姊說故事」三部曲當中，《我最喜歡表演》用鮮豔活潑的色彩表達故事主角——溜溜活潑好奇的個性；《媽咪和我一起學》用暖色系來述說溜溜與媽咪之間的情感流動，而《我不要上學》則用中性色系來傳達學校和學習本身所具理性和感性的特質。

　　《我不要上學》是此三部曲中的最後一本。對我而言，此書不管在用色的搭配，或運筆的技巧上，是這三本當中讓我最得心應手、也是玩得最開心的一本。

　　此三部曲的繪畫風格，背景都採用大膽堆疊的筆法，製造出耐人尋味的顏色層次。而人物造型寫意的奔放筆觸、內容情境的場景設計，多半用象徵性而非寫實的方式去呈現。我認為這樣的表現形式，都必須要有勇於嘗試的人，才能享受這種用遊戲玩樂的態度，卻能達成述說嚴肅故事的任務。我相當幸運，第一次和別人合作繪本，就能得到這樣的支持與信任，授予充分發揮的空間。謝謝瑞君、愿琦、仲芸、以及瑞蘭國際出版團隊，讓我們一起完成了這三部曲。

　　最後，希望拿到這本書的大小朋友們，都能在此放鬆自由的繪畫風格之中，享受到閱讀的樂趣，就像手中握著的萬花筒，在微微轉動它的瞬間，看見不一樣的世界。

曾雅芬

繪者簡介

　　出生於台灣寶島的正中間南投，畢業於國立藝專美工科平面設計組（現已改制為臺灣藝術大學）。

　　曾在滾石文化擔任美術主編，後因對兒童哲學感到好奇，參加了大直故事團擔任故事媽媽，因此對繪本及插畫產生興趣，進而參加lucy創作師資培訓班，並曾參與草嶺ehon旅館壁畫繪製等工作。

　　現職為自由獨立插畫者。2019年出版《手繪風素材集：動物好友的日常生活》，以及擔任繪本《范姊姊說故事　我最喜歡表演》、《范姊姊說故事　媽咪和我一起學》的繪圖（以上皆由瑞蘭國際出版）。

FB ／這裡有座湖泊
IG ／lake_in_

「我不要上學！」
溜溜在學校門口吶喊著。

校門口的榕樹奶奶開口問：
「小妹妹，為什麼不想上學
呢？學校有那麼多同學一起
玩、一起學習。」

「上學最棒的事，就是下課可以和同學玩，但上課的時間比可以玩的時間長好多。到底為什麼要上那麼多的課啊！」

「妳都沒有喜歡上的課嗎？」
榕樹奶奶笑咪咪地問。

溜溜歪著頭想了想：「體育課！
可以跑跑跑！還可以游泳！」
「還有呢？」
「沒有了！其他的課都要乖乖地
在教室坐好，好無聊喔～」

「啊！如果有很多個我，派她們去上不同的課，那就可以很輕鬆了！」

「噢？妳覺得這是個好方法？那妳想試試看嗎？」榕樹奶奶依舊笑咪咪地。

「真的可以嗎？」溜溜張著驚喜的大眼睛。

榕樹奶奶神祕地笑了笑。
風沙沙地吹起來。
從樹葉縫裡灑出的陽光
越來越亮，越來越刺眼。

噹ㄉㄤ噹ㄉㄤ噹ㄉㄤ噹噹ㄉㄤ～ 噹ㄉㄤ噹ㄉㄤ噹ㄉㄤ噹噹ㄉㄤ。
上ㄕㄤ課ㄎㄜ鐘ㄓㄨㄥ聲ㄕㄥ響ㄒㄧㄤ起ㄑㄧˇ。
溜ㄌㄧㄡ溜ㄌㄧㄡ嚇ㄒㄧㄚˋ了ㄌㄜ一跳ㄊㄧㄠˋ。
「糟ㄗㄠ糕ㄍㄠ！要ㄧㄠˋ遲ㄔˊ到ㄉㄠˋ了ㄌㄜ！」

「國語課就交給我吧！」
溜溜轉頭看向右手邊
說話的⋯⋯自己？！

自己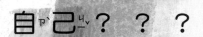？？？

「沒錯啊！剛剛說完話走
向教室的人是我自己啊！
但我明明還站在這裡？」
溜溜好驚訝地想著。

「妳們現在就先好好地休息
吧！」榕樹奶奶的聲音。
更讓溜溜嚇一跳的是，自己
左手邊還有五個一模一樣的
自己！她們都一起在榕樹奶
奶的樹蔭下。

這居然成真了！ 有好多個我。
我再也不用去不想上的課了！
溜溜開心地蹦蹦跳跳。

從那之後，
溜溜來學校就只
負責上體育課。

溜_{ㄌㄧㄡ}溜_{ㄌㄧㄡ} 1 號_{ㄏㄠ}上_{ㄕㄤ}國_{ㄍㄨㄛ}語_ㄩ課_{ㄎㄜ}。

溜_{ㄌㄧㄡ}溜_{ㄌㄧㄡ} 1 號_{ㄏㄠ}上_{ㄕㄤ}國_{ㄍㄨㄛ}語_ㄩ課_{ㄎㄜ}。

溜ㄌㄧㄡ溜ㄌㄧㄡ 2 號ㄏㄠˋ上ㄕㄤˋ數ㄕㄨˋ學ㄒㄩㄝˊ課ㄎㄜˋ。

溜溜 3 號上社會課。

溜ㄌㄧㄡ溜ㄌㄧㄡ 4 號ㄏㄠ上ㄕㄤ美ㄇㄟ術ㄕㄨˋ、 音ㄧㄣ樂ㄩㄝˋ課ㄎㄜˋ。

溜溜 5 號上自然課。

溜(ㄌㄧㄡ)溜(ㄌㄧㄡ)6號(ㄏㄠ)上(ㄕㄤ)英(ㄧㄥ)文(ㄨㄣ)課(ㄎㄜ)。

溜溜好開心。
有好多的時間可以躺在榕樹下
發呆和睡覺喔。

但ㄉㄢˋ漸ㄐㄧㄢˋ漸ㄐㄧㄢˋ地ㄉㄧ˙……溜ㄌㄧㄡ溜ㄌㄧㄡ發ㄈㄚ現ㄒㄧㄢˋ，
當ㄉㄤ同ㄊㄨㄥˊ學ㄒㄩㄝˊ都ㄉㄡ在ㄗㄞˋ上ㄕㄤˋ課ㄎㄜˋ時ㄕˊ，
只ㄓˇ有ㄧㄡˇ自ㄗˋ己ㄐㄧˇ一ㄧˋ個ㄍㄜˋ人ㄖㄣˊ其ㄑㄧˊ實ㄕˊ好ㄏㄠˇ無ㄨˊ聊ㄌㄧㄠˊ。

溜溜躺在榕樹下。
隔著濃密的枝葉看著若隱若現、
閃閃發亮的天空昏昏欲睡……

溜溜看到七個「長大」的自己
一起出現了。

溜溜1號只學國文，真的通曉中國文化歷史古文，但沒有基礎英語能力的她，出國旅遊實在太不方便。

溜ㄌㄧㄡ溜ㄌㄧㄡ 2 號ㄏㄠ只ㄓ學ㄒㄩㄝ數ㄕㄨ學ㄒㄩㄝ，
但ㄉㄢ老ㄌㄠ實ㄕ說ㄕㄨㄛ也ㄧㄝ學ㄒㄩㄝ得ㄉㄜ迷ㄇㄧ迷ㄇㄧ糊ㄏㄨ糊ㄏㄨ的ㄉㄜ，
根ㄍㄣ本ㄅㄣ不ㄅㄨ知ㄓ如ㄖㄨ何ㄏㄜ應ㄧㄥ用ㄩㄥ在ㄗㄞ生ㄕㄥ活ㄏㄨㄛ裡ㄌㄧ。

溜溜3號社會唸得不錯，成為了一個守規矩的好公民。但在團體裡，老覺得沒有什麼特殊的好技能來幫忙大家。

溜溜4號每天沈浸在藝術的世界中，但生活能力讓大家都為她擔心。

溜溜 5 號熱愛大自然，但卻沒有
更科學、進步的方法，來保護
大自然裡的一切。

溜溜 6 號英文好棒。但當人家問起她是哪裡人時，她都有點害羞。因為她一點都不了解自己國家的語言和文化。

溜溜呢？她還是很會跑步。也很健康喔。不過她也不太敢跟別人聊天，因為除了跑步，好像其他的事都不太知道。

榕樹奶奶：「但妳就可以不要上學，一直發呆了。起碼妳會跑步。對吧？」

溜溜：「榕樹奶奶，等一下。但是我覺得我現在好像還對很多別的事情有興趣耶。也許……再給我一些時間想一想，之後再決定自己真正想要專心學的事吧！」